OJOSAMA WA OYOMESAMA.

First published in Japan in 2007
by SHUEISHA Inc., Tokyo.
French translation rights in France
and French-speaking Belgium,
Luxembourg, Switzerland and Canada
arranged by SHUEISHA Inc.

French edition in 2012 by KAZÉ

ADRESSE 45 rue de Tocqueville 75017 Paris
SITE INTERNET www.kaze-manga.fr

DIRECTEUR ÉDITORIAL
Raphaël Pennes

TRADUIT DU JAPONAIS PAR
Misato Raillard
SUPERVISION ÉDITORIALE
Zoé Sofer

SUPERVISION GRAPHIQUE
Clémence Perrot
LETTRAGE & MAQUETTE
Digital Manga

DESIGN
din

Achevé d'imprimer
en CE en janvier 2012
Dépôt légal : Février 2012

Mademoiselle se marie
INDICE DE BONHEUR 13

RÉSUMÉ

DEPUIS QU'ELLE EST PETITE, TOWAKO GOKURAKUIN N'A QU'UN SEUL RÊVE : ÉPOUSER, LE JOUR DE SES DIX-HUIT ANS, CELUI NÉ LE MÊME JOUR DE LA MÊME ANNÉE ET À LA MÊME HEURE QU'ELLE. YŪGA TAKATŌ, LE FIANCÉ DÉSIGNÉ PAR CETTE COUTUME ANCESTRALE A TOUT POUR ÊTRE UN MARI PARFAIT, SAUF QU'AVANT DE SE RETROUVER ENFERMÉ DE FORCE DANS LA DEMEURE DES GOKURAKUIN, IL N'ÉTAIT PAS AU COURANT DE SON MARIAGE... APRÈS UN PREMIER CONTACT DIFFICILE, LES DEUX ADOLESCENTS FINISSENT PAR TOMBER AMOUREUX L'UN DE L'AUTRE ET, POUR POUVOIR RESTER ENSEMBLE, DÉCIDENT DE SE MARIER. LES VACANCES D'ÉTÉ SE TERMINENT ET C'EST LE RETOUR AU LYCÉE. TOWAKO DÉCIDE DE CHANGER D'ÉTABLISSEMENT POUR ÊTRE DANS LA MÊME CLASSE QUE YŪGA. MAIS QUELLE N'EST PAS SA SURPRISE QUAND ELLE DÉCOUVRE QUE L'INCONNU DE L'ÎLE AUX SINGES N'EST AUTRE QUE LEUR NOUVEAU PROFESSEUR D'HISTOIRE, KAORU RENJŌ. ET CE DERNIER SEMBLE BIEN DÉCIDÉ À L'ÉPOUSER, QUITTE À DÉTRUIRE LA FAMILLE GOKURAKUIN ET YŪGA SI TOWAKO NE LUI OBÉIT PAS...

POUR EN SAVOIR PLUS, ♥
MERCI DE LIRE *MADEMOISELLE SE MARIE* VOL.1 ET 2 !!

LES COUTUMES DE LA FAMILLE GOKURAKUIN

- LES HÉRITIERS DE LA FAMILLE GOKURAKUIN DOIVENT ÉPOUSER LE JOUR DE LEURS DIX-HUIT ANS, UNE PERSONNE DU SEXE OPPOSÉ, NÉE LE MÊME JOUR, LA MÊME ANNÉE ET À LA MÊME HEURE QU'EUX !!
- L'HÉRITIÈRE DOIT PASSER LE RESTE DE SA VIE AVEC CELUI À QUI ELLE A OFFERT SA VIRGINITÉ, MÊME S'IL NE S'AGIT PAS DE SON FIANCÉ.
- SE COUCHER À 21 HEURES.

ETC.

ALORS QUE VIENT FAIRE LE PROFESSEUR DANS CETTE HISTOIRE ?!
AH...
COMMENT FAIRE ?
YÛGA EST FÂCHÉ.
TU ES BIZARRE, DEPUIS HIER.
QU'EST-CE QUE CE TYPE T'A FAIT ?
ET POURQUOI TU TE SENS OBLIGÉE D'ALLER LE VOIR ?!
EXPLIQUE-TOI !
J'AIMERAIS TOUT LUI RACONTER.
MAIS...
...

MÊME S'IL POUVAIT ARRIVER QUEL-QUE CHOSE À TON PRÉCIEUX YÛGA ?
IL...
IL N'Y A RIEN À EXPLI-QUER.
ON A JUSTE PARLÉ DE M. ENTRESINGE.
CESSE DE T'IMAGINER DES CHOSES.

...
VRAIMENT ?
VOUS PARLEZ DE SINGE ET IL T'EM-BRASSE DANS LE COU ?!
AH OUAIS ?
YÛ...

TAIS-
TOI.
IL M'A
ORDONNÉ…
DE ME
TAIRE ?!
SNIF
HMM…

TU N'ES QU'UN IDIOT, YÛGA !
PFFF!
Elle court comme une princesse...
TAAAP
...
ÇA, JE SUIS AU COURANT ...
POURQUOI ?

POURQUOI ÇA SE PASSE AINSI ?!
OUIN !!
ET PUIS... ZUT ET ZUT !!
IL N'A MÊME PAS CONSCIENCE DE CE QUE JE RESSENS VRAIMENT !
CE N'EST PAS PAR PLAISIR QUE JE ME RAPPROCHE DU PROFESSEUR.
MAIS SI JE NE LE FAIS PAS, LA FAMILLE GOKURAKUIN ET YÛGA COURENT UN GRAND DANGER !!
YÛGA ME CRITIQUE AU SUJET DU PROFESSEUR...
ALORS QUE LUI...
IL EST TOUJOURS ENTOURÉ DE FILLES !
Même s'il y a aussi un garçon.

FLAP
YÛGA ! TA CRAVATE EST DE TRAVERS. ♡♡
Toi, alors ! ♡♡
!!
HIN HIN...
CRRR
POUR QUI SE PREND-ELLE ?!
JE CROIS QU'ELLE TOURNAIT AUTOUR DE YÛGA, HIER AUSSI.
C'EST À MOI, SON ÉPOUSE, DE FAIRE CE GENRE DE CHOSES !!!
ELLE LE COLLE VRAIMENT TROP !!!
...

QU'EST-CE QUE JE SUIS POUR LUI, FINALEMENT ?
ON M'INTERDIT DE DIRE LA VÉRITÉ.
LES CHOSES NE DEVAIENT PAS SE PASSER AINSI.
GWI
JE DOIS VITE TROUVER UNE SOLUTION.

CLIC
チン
COMMENT COMPOSES-TU TON BOUQUET ?
SS

TU NE RESPECTES NI LE STYLE RENJÔ, NI LES BASES DE L'ART FLORAL !
ES-TU RÉELLEMENT INTÉRESSÉ ?
C'EST VOLONTAIRE… PÈRE.
SE SOUMETTRE À DES RÈGLES ET DES FORMES…
C'EST STUPIDE.

CES TEMPS-CI, TON COMPORTEMENT LAISSE VRAIMENT À DÉSIRER.
TU DOIS AVOIR CONSCIENCE D'ÊTRE MON SUCCESSEUR. EN AGISSANT AINSI, TU NE PEUX PAS PRÉTENDRE SERVIR DE MODÈLE À NOS DISCIPLES.
IL PARAÎT QUE TU MANIGANCES DES CHOSES AUTOUR DE L'HÉRITIÈRE DES GOKU-RAKUIN.
C'EST PEINE PERDUE. TU SAIS QUE C'EST UNE FEMME MARIÉE, NON ?
FIDÈLE À NOS COUTUMES …
LE JOUR DE TES 23 ANS, C'EST-À-DIRE DANS UNE SEMAINE …
TU SUCCÉDERAS À LA TÊTE DE LA FAMILLE RENJÔ ET TU DEVIENDRAS LE CHEF DE FILE DE NOTRE COURANT D'ART FLORAL.
CLIC
EST-CE CLAIR, KAORU ?

CLING
IMBÉCILE DE PÈRE ...

CUI CUI
CUI CUI
MADE-MOISELLE TOWAKO !
MADE-MOISELLE TOWAKO !
AH !
OUI. QU'Y A-T-IL, TSUBAKI ?
...
VOUS AVEZ L'AIR FATIGUÉE, CES JOURS-CI.
S'IL Y A QUELQUE CHOSE QUI VOUS TOURMENTE, VOUS POUVEZ M'EN PARLER.
TSUBAKI...
CE...
CE N'EST RIEN.
CROC CROC
Les bentô sont prêts.
ALLONS AU LYCÉE.
FOUAAH
!

...
J'ai bien mangé.
BAM
ばっ
TAP TAP TAP
...
OH NON !
OUIN!
JE N'AI POURTANT PAS ENVIE DE CRÉER DE MALAISE ENTRE NOUS.
POURQUOI SUIS-JE DONC SI ORGUEIL-LEUSE ?

J'AI DU MAL À GARDER PATIENCE !
ÉCOLE
Ya
Set
?
...
Du pain ?
Taisez-vous.
MIDI
Pourquoi as-tu une boite bentô tradition-nelle depuis hier, Yûga ?
...
À CAUSE DE TOUT ÇA, JE PASSE MON TEMPS À LE FUIR !!
QUI EST VRAI-MENT ...
CETTE FILLE ?
LA-QUELLE ? TOWAKO GOKU-RAKUIN ?
DE QUI D'AUTRE VEUX-TU QUE JE PARLE ?
QUEL EST SON VRAI LIEN AVEC YÛGA ?
DEPUIS HIER, J'AI L'IMPRES-SION QU'ELLE NE LUI PARLE PLUS.
C'EST VRAI ...
MAIS ...

YÛGA ...
IL FAIT COMME S'IL S'EN MOQUAIT ...
MAIS JE LE VOIS PARFOIS REGARDER DANS SA DIRECTION.
EN PLUS, IL NE M'ÉCOUTE PLUS QUAND JE LUI PARLE.
ET ÇA, C'EST LA PREMIÈRE FOIS.
CETTE FILLE ...
QUI EST-ELLE POUR YÛGA ?
VOUS VOULEZ SAVOIR ...

QUEL LIEN LES UNIT ?

VROOOM
...
C'EST QUOI ...
CETTE AMBIANCE PESANTE ?
DOOOM
Ils rentrent ensemble du lycée.
TCHAC LALA TCHAC
BILIP BILIP
!

!!
C'EST KAORU RENJÔ ...
Kaoru Renjô
Sans objet
Descends de voiture tout de suite. Je viens te chercher. Kaoru
répondre
menu
!!
JE VEUX DESCENDRE TOUTE DE SUITE !!
OÙ EST-CE QUE TU VAS ?!
...

BTAM
PFFF !
TOUT SEUL...
...
ET VOUS, MONSIEUR SETSUNA... QUE FAITES-VOUS ?
JE RENTRE.
MAIS...
J'AIMERAIS BIEN SAVOIR CE QU'IL SE PASSE...
SALUT ! ☆

QUE ME VOULEZ-VOUS ? NE ME HARCELEZ PAS APRÈS LES COURS !
CE QUE TU PEUX ÊTRE FROIDE. ON A POURTANT TOUCHÉ ENSEMBLE LA QUEUE DU SINGE.
CE N'ÉTAIT PAS VOLONTAIRE …
Et puis je ne crois plus à cette légende.
ÇA NE FAIT RIEN. VIENS FAIRE UN TOUR AVEC MOI.
MONTE !
…
N'AIE PAS PEUR. JE NE PASSERAI PAS À L'OFFENSIVE. DU MOINS, PAS AUJOURD'HUI.
"PAS AUJOURD'HUI" ?
MAIS PEUT-ÊTRE QUE TON MARI …

CLANG
CLANG
VA PASSER UN BON MOMENT, LUI...

Remi
Sans objet
Je suis devant chez toi. J'attends que tu rentres.
On m'a tout raconté sur Gokurakuin.
répondre
++++
menu
REMI...

BENTÔ YOGA
Poupées Towako
C'est Tsubaki qui les fabrique.
Super, hein ?
C'est une artiste ?

Yoga ! On mange ?
...
Désolé, mais je range la poupée...
Il a honte devant les autres.

Mademoiselle se marie
INDICE DE BONHEUR 14

BONSOIR, MONSIEUR SETSUNA.
BON-SOIR ...
UTSUGI.
COMMENT S'EST PASSÉ VOTRE JOURNÉE À L'ÉCOLE ? VOUS AVEZ DE NOUVEAUX AMIS ?
OUI, ÇA SE PASSE BIEN.
DIS-MOI PLU-TÔT ...
AH !!
AU FAIT ! LES ŒILLETS DU JARDIN ONT FLEURI.
...

OH ! QUELLE BONNE NOUVELLE !!
OUI, CE SONT LES ŒILLETS QUE Mlle TOWAKO APPRÉCIE TANT !!
NOUS POURRONS EN FAIRE PORTER DANS SES APPARTEMENTS.
TU AS RAISON !!
NON !! IL Y A PLUS URGENT !!
HEIN ?!
C'EST VRAI QUE VOUS N'AVEZ PAS BONNE MINE.
QUELQUE CHOSE NE VA PAS ?
ZOUP
ZOUP
Il n'y a personne ?
EN FAIT ...
CES DERNIERS TEMPS, GRANDE SŒUR A DE MAUVAISES FRÉQUENTATIONS ...
Mlle TOWAKO ? DE MAUVAISES FRÉQUENTATIONS ?

IL FAUT EFFECTUER UNE RECHERCHE TOUT DE SUITE !
JE SUIS MONTÉE DANS VOTRE VOITURE. ALORS, EXPLIQUEZ-MOI !
QU'AVEZ-VOUS FAIT À YÛGA ?
HEIN ? JE N'AI RIEN FAIT DE SPÉCIAL.
VOUS MENTEZ ! VOUS AVEZ SOUS-ENTENDU QUELQUE CHOSE À SON SUJET !!
C'EST POURTANT VRAI.
MAIS EN CE QUI ME CONCERNE...
JE NE LUI AI RIEN FAIT...

?!
QU'EST-CE QUE CELA SIGNIFIE ?
CRRI
ALLEZ !
JE T'EXPLIQUERAI PLUS TARD.
CLANG
?!
AUTANT EN PROFITER DE NOTRE CÔTÉ ! ☆☆
NOOOOOON !
YÛ...

YÛGAAAA !!!
À QUI ...
TU AS PARLÉ ?
REMI...
...
JE TE LE DIRAI...
SI TU ME LAISSES DORMIR CHEZ TOI CE SOIR.
...

T'ES FOLLE OU QUOI ?
SI TU VEUX ME PARLER, ON VA AU CAFÉ DU COIN.
ALLEZ ! SUIS-MOI.
POURQUOI ?
TA MÈRE ET TA SŒUR NE SONT JAMAIS LÀ, N'EST-CE PAS ?!
Alors, je ne vois pas où est le problème !
C'est là qu'il est, le problème !!
JE TE JURE ...
HM ?
J'AI MAL AU VENTRE ...
ARRÊTE TON CINÉMA !
TU ÉTAIS EN PLEINE FORME, À L'INSTANT !!
Rentre chez toi !!
HMM...

JE MENS PAS...
DONNE-MOI UN MÉDICA-MENT.
ARGH...
TIENS.
JE VAIS FAIRE UN TOUR DEHORS. RENTRE CHEZ TOI, QUAND ÇA IRA MIEUX.
LAISSE MA CLEF DANS LA BOÎTE AUX LET-TRES.
Si tu la gardes pour en faire un double, je change la serrure.
AVANT ÇA, JE VAIS ME CHANGER.
EVE
Haa...
POURQUOI JE ME RETROUVE DANS CETTE SITUATION ?
J'AI PAS BESOIN DE PLUS D'EM-MERDES...

SS…
BOM
?!

VLAN
HEIN ? MAIS...
RE...
MI...
HM...

TAC
QU'EST-CE QUI TE PREND ?
CLIC CLIC
?!
!!!
Hi hi !!
JE T'AI EMBRASSÉ, YŪGA. ♡♡
Enfin ! ♡
TU M'AS MIS DES MENOTTES ?
TU PEUX ME DIRE À QUOI TU JOUES ?
Pourquoi t'as ça sur toi ?
C'est le professeur qui me les a données.
Quoi ?!
Ne t'assieds pas sur moi !
POF
CETTE BAGUE ...

C'EST UNE ALLIANCE ?
!!
QUOI ?! QU'EST-CE QUE TU RACONTES ?!
...
INUTILE DE ME LE CACHER, YÛGA.
JE SAIS QUE TU AS ÉTÉ MARIÉ DE FORCE AVEC ELLE ...
À CAUSE D'UNE COUTUME BIZARRE.

ELLE EST DONC VRAIMENT AU COURANT DE TOUT ?!
JE N'AI PAS ÉTÉ MARIÉ DE FORCE…
PAUVRE YÛGA.
TU ES COMPLÈTEMENT MANIPULÉ PAR CETTE FILLE…
ALORS QUE CE N'EST QU'UNE TRAÎNÉE !!
ELLE N'EST PAS CE GENRE DE FILLE.
YÛGA…

TU TE FAIS AVOIR, YÛGA !
CETTE FILLE ...
VEUT SE SÉPARER DE TOI !!
DÉCLARATION DE DIVORCE
NOM
Towako Gokurakuin
TAC
QU'EST-CE QUE C'EST ?
C'EST BIEN SON ÉCRITURE...
OÙ AS-TU TROUVÉ ÇA ?
C'EST LE PROFESSEUR RENJÔ QUI ME L'A FILÉ.

RENJÔ ...
OUI, C'EST LUI !!
CETTE FILLE VEUT TE QUITTER ET SE REMA-RIER AVEC LE PROFESSEUR RENJÔ...
PARCE QU'IL EST TRÈS RICHE !!
MAIS ELLE DIT QU'À CAUSE DE LA COUTUME...
ELLE NE PEUT PAS DIVORCER !

TU DOIS DIVORCER, YÛGA.
ET TU SERAS LIBRE.
CHEZ LES GOKU-RAKUIN...
IL Y A UNE COUTUME SELON LAQUELLE LES ÉPOUX PEUVENT DIVORCER S'ILS SE TROMPENT MUTUELLEMENT.
CLIP
JE VAIS T'AIDER.

CLING
シャラ
FAISONS-LE.

MON-SIEUR !
VOTRE AMIE A FINI SON ESSAYAGE.
...
OUAIS ! CE N'EST PAS MAL DU TOUT !
JE N'IMA-GINAIS PAS QUE ÇA T'IRAIT AUSSI BIEN.
ON VA TOUT ACHE...
NON ! ON N'ACHÈTE RIEN !
Vraiment ? Cela vous va bien, pourtant.

POURQUOI TU NE VEUX PAS ? C'EST MOI QUI TE L'OFFRE.
Mets ça, maintenant.
JE NE VEUX RIEN DE VOUS.
ÇA SUFFIT, MAINTENANT ! VOUS PROFITEZ DE VOTRE SITUATION !!
On joue un remake de Pretty Woman ou quoi ?
EN PLUS, CE N'EST PAS MON STYLE.
VOUS AIMEZ VRAIMENT CE GENRE DE VÊTEMENTS ?
Les couleurs sont tellement voyantes.
NON, JE TROUVE JUSTE ÇA AMUSANT.
Je préfère les tenues plus discrètes.
...
...
HEIN ?
PEUT-ÊTRE QUE YÛGA AIME CE STYLE ?
AH OUI ? VOUS CROYEZ ?
C'EST VRAI QUE LES FILLES QUE YÛGA FRÉQUENTE AU LYCÉE PORTENT CE GENRE DE VÊTEMENTS.
On a été en rupture tout de suite. On vient juste de recevoir le réassort.
...
MAIS IL S'EST FÂCHÉ QUAND J'AI PORTÉ L'UNIFORME COMME ELLES.
JE ME DEMANDE QUELS SONT LES GOÛTS DE YÛGA.

TU ES TOUJOURS À FOND, QUAND IL S'AGIT DE YÛGA.
ALORS QUE TU L'AS ÉPOUSÉ JUSTE POUR RESPECTER UNE COUTUME.
C'EST FAUX.
C'ÉTAIT LE CAS AU DÉPART...
MAIS NOUS NOUS SOMMES MARIÉS POUR RESTER L'UN PRÈS DE L'AUTRE.

CE N'EST PAS COMME VOUS. POUR ÉCHAPPER À VOTRE SITUATION ...
VOUS ÊTES CAPABLE DE VOUS ACCOM-MODER DE N'IMPORTE QUI.
VOUS DITES QUE VOUS VOULEZ ÊTRE LIBRE ...
MAIS C'EST VOUS QUI ÊTES LE PLUS ATTACHÉ AUX COUTUMES.

...
Fiuuu h...
JE RENTRE CHEZ MOI.
INUTILE DE ME RAC-COMPAGNER.
...
TU ENVOIES, DIS DONC !
C'EST VRAI !
SI JE ME SUIS MARIÉE ET QUE J'AI CHANGÉ D'ÉCOLE ...

TCHAC
JE N'AI PAS DE TEMPS À PERDRE ICI.
JE DOIS TÉLÉPHONER À YÛGA …
C'EST POUR RESTER AUX CÔTÉS DE YÛGA.
TCHAC
TIP
TIP
TOUT CE QUE TU AS DIT …
EST VRAI.
EXCEPTÉ UNE CHOSE.

JE NE M'ACCOMMODE PAS DE N'IMPORTE QUI.
appel en cours
Yogo

Vzzzz
appel de Towako
Vzzzz
Vzzzz

Je ne suis pas à l'aise.
Je pourrais attraper froid.

Mademoiselle se marie
INDICE DE BONHEUR 15
for you

JE NE M'ACCOMMODE PAS DE N'IMPORTE QUI.

TON TÉLÉPHONE.
...
HEIN ?
T'AS PAS UN APPEL EN COURS ?
OH !
JE TE RACCOMPAGNE.
SOIS PRÊTE DANS DIX MINUTES.

QU'EST-CE QUI LUI PREND ?
ÇA ME SURPREND TOUJOURS, QUAND IL DEVIENT SÉRIEUX D'UN SEUL COUP.
ÇA VEUT DIRE QUE ...
"JE NE M'ACCOMMODE PAS DE N'IMPORTE QUI".
NON ! JE NE DOIS PAS Y RÉFLÉCHIR !!
LE PLUS URGENT EST DE ME RÉCONCILIER AVEC YÛGA.
calling
♡Yûga♡
...
POURQUOI NE RÉ-POND-IL PAS ?
Tsubaki et Setsuna décrochent immédiatement, eux.
Il est où, d'ailleurs ?
BIP
Ah
Il a décroché !!

ALLÔ ?
YÛGA ...
ALLÔ.
HEIN ? UNE VOIX DE FEMME ?
J'AI COMPOSÉ UN MAUVAIS NUMÉRO ?
DÉSOLÉE. J'AI DÛ FAIRE UNE ERREUR.
C'EST TOI, GOKU-RAKUIN ?

C'EST MOI ...
REMI SAWAGUCHI.
QUI ?
REMI SAWAGUCHI ! LA FILLE SUPER MIGNONNE AVEC DES CHEVEUX ONDULÉS ET DES YEUX BRILLANTS QUI EST DANS TA CLASSE !
AH...
Celle qui est toujours collée à Yoga.
Elle me casse les oreilles.
MAIS...

QUE FAIT-ELLE AVEC LE PORTABLE DE YÛGA ?
YÛGA EST ... SOUS LA DOUCHE.
IL A BEAUCOUP TRANSPIRÉ. ♡
ON S'EST SUPER BIEN ENTENDUS.
ALORS JE NE RENTRE PAS CHEZ MOI, CE SOIR. ♡♡
!!
REMI ! TU UTILISES MON PORTABLE SANS MA PERMISSION ?!
OH ! YÛGA !
C'EST QUE…
JE TE LAISSE ! JE DOIS RACCROCHER. SALUT ! ♡♡
TIP
TÛT
TÛT

GOGOGO
?!
OUPS...
GOGOGO
GOGOGOGO
GOGO
OH ! MA BOUTIQUE !
?!!

GOGO
IL VA FALLOIR QU'IL M'EXPLIQUE POURQUOI ET COMMENT ...
IL S'EST RETROUVÉ DANS CETTE SITUATION !!
GOGO
QUE FAIT YŪGA AVEC CETTE FILLE ?!
IL A BEAUCOUP TRANSPIRÉ ?! ILS SE SONT SUPER BIEN ENTENDUS ?! ET ELLE NE RENTRE PAS CHEZ ELLE CE SOIR ?
ÇA NE VA PAS SE PASSER COMME ÇA !!
MADE-MOISELLE ! VOICI POUR LES VÊTE-MENTS. EST-CE ASSEZ ?
Une liasse ?!
ALLÔ, TSU-BAKI ?
VIENS ME CHER-CHER !!
ET LOCALISE YŪGA À L'AIDE DU GPS.
JE ME PERMETS DE PRENDRE CONGÉ !!

ELLE EST FORTE !
ALORS C'EST COMME ÇA QU'ELLE RÉAGIT ?
DANS CE CAS, IL VA FALLOIR ...
CLAP
PASSER À L'ÉTAPE SUIVANTE.
206
VRAIMENT ... JE TE JURE.
J'AI ATTEINT MES LIMITES ...

POURQUOI PASSES-TU CE GENRE D'APPEL ?
ELLE DOIT S'IMAGINER N'IMPORTE QUOI, À L'HEURE QU'IL EST !
RENDS-MOI MON PORTABLE. JE VAIS LA RAPPELER !!
Je t'obéirai. Alors enlève-moi ces menottes.
POURQUOI ES-TU SI STRESSÉ ?
C'EST MIEUX AINSI ! MAINTENANT, VOUS POURREZ VOUS SÉPARER !
ÇA SUFFIT COMME ÇA !
AAAH !
TAC
?!

BTAN
AÏE...
HEIN ?
QU'EST-CE QUI TE PREND ?! TU N'ES PAS CLASSE DU TOUT ! TU ES MÊME COMPLÈTEMENT RINGARD !!
TCHAC ?
POURQUOI TU PERDS TES MOYENS ? POURQUOI TU TE METS EN COLÈRE ?! TU ME FAIS PEUR !!!
ÇA NE TE RESSEMBLE PAS, YÛGA !
...

POUR-QUOI ...
NE PARLE PLUS.
RESTER CLASSE OU NE PAS ÊTRE RINGARD ...
ÇA N'A AUCUNE IMPORTANCE QUAND ON EST EN TRAIN DE PERDRE CE QU'ON A DE PRÉCIEUX !!

…
LAISSE TOMBER !
DONNE-MOI LA CLEF DES MENOTTES !!
CLING
HEIN ?
NON, ATTENDS…
BADAM
BOUM
FLAP FLAP FLAP
HEIN ?
HEIN ? C'EST QUOI ?
TCHAC
FLAP FLAP FLAP
NON, CE N'EST PAS…
VLAN

QU'EST-CE QUE ...
TU FABRIQUES ?
JE T'AI DEMANDÉ...
CE QUE TU ÉTAIS EN TRAIN DE FAIRE ?!!

COMMENT T'AS SU QU'ON ÉTAIT LÀ, JE NE TE L'AI PAS DIT ?!!
J'AI LOCALISÉ LE LIEU GRÂCE AU GPS !
TU ES VRAIMENT CULOTTÉE DE DÉBARQUER EN PLEINE SCÈNE D'ADULTÈRE !!
TU ÉTAIS DONC EN TRAIN DE ME TROMPER ?!
MAIS NON ! PAS DU TOUT !
ET TOI ?
TU AS DÉLAISSÉ YÛGA POUR BATIFOLER AVEC LE PROF, NON ?
ARGH !
POURQUOI TU TE POINTES ICI ?
C'EST VRAIMENT ABUSÉ !
...
GRRRR
RRRR
REMI ! ÇA SUFFIT ...
POURQUOI DOIS-JE ENTENDRE DE TELS REPROCHES DE TA PART.
CELA NE TE REGARDE PAS.

GRR
ÇA NE ME REGARDE PAS ?
OUI, CECI EST NOTRE PROBLÈME, À YÛGA ET MOI.
SI TU AS COMPRIS, DÉPÊCHE-TOI DE PARTIR.
GRAB
HEIN ?
Nooon ! Que faites-vous ? Lâchez-moi !
OUI !
RACCOMPAGNEZ-LA CHEZ ELLE.
C'est la première fois que je la vois comme ça.

BTAM !!
FIUU
ZOUIP
...
...
POF
TU M'AS TROMPÉE ?!
BIEN SÛR QUE NON !!
C'est direct.
POURQUOI ES-TU DANS CETTE TENUE ?
ELLE PORTAIT TES VÊTEMENTS !!
CE N'EST PAS JUSTE ! MÊME MOI, JE N'AI ENCORE JAMAIS MIS TES HABITS !
OUI IN !
POURQUOI CES CHAÎNES ? JE T'AVAIS DIT QUE J'ÉTUDIERAIS LE BONDAGE, SI ÇA T'INTÉRESSAIT !!
NON... C'EST REMI QUI A ...
JE N'AI FAIT QUE LUI PRÊTER UNE TENUE DE RECHANGE.
ET TOI ? POURQUOI ES-TU HABILLÉE COMME ÇA ?
HM...

...
EUH...
JE ...
C'EST ENCORE RENJÔ ?
HEIN ?
POURQUOI DIS-TU ÇA SUR CE TON ?
COMMENT FAIRE ?
TOI AUSSI, YÛGA... TU...
JE VOULAIS ME RÉCONCILIER AVEC LUI ...
MAIS JE N'AI QUE DES MOTS DE REPROCHE QUI ME VIENNENT À L'ESPRIT.
ENTRE TOI ET RENJÔ ...
CAR...
IL ÉTAIT ...
IL N'Y A RIEN, N'EST-CE PAS ?

BIEN… BIEN SÛR QUE NON !
YÛGA…
TU VEUX BIEN ME CROIRE ?
JE CROIS QUE C'EST DE LA FAUTE DE RENJÔ, SI REMI A FAIT ÇA.
IL A VRAIMENT ENVIE QU'ON SE SÉPARE, LUI…
MÊME SI J'IGNORE POURQUOI.
…
SI JAMAIS IL T'A INTERDIT DE ME DIRE LA VÉRITÉ…
ÇA DOIT TE FAIRE SOUFFRIR DE GARDER TOUT ÇA POUR TOI.

IL M'A COMPRISE ...
POF
QU... QU'EST-CE QUE TU FAIS ?
TU VEUX ÉTUDIER LE BONDAGE, NON ?
QUOI ?
CLANG
OUI.

MOI...
JE TE FAIS CONFIANCE.
ALORS, TOI AUSSI... AIE CONFIANCE EN MOI.

JE SAIS PAS COMMENT JE L'AURAIS PRIS SI TU N'AVAIS PAS RÉAGI AU COUP DE FIL DE REMI...
GWIP
VRAI-MENT ?!
JE T'AI DIT DE ME CROIRE.
YÛGA...
!
SMACK
JE TE CROIS.

JE SAIS QUE ÇA FAIT SOUFFRIR...
QUAND L'AUTRE DOUTE DE SOI OU QU'ON DOUTE DE L'AUTRE.
ET JE SAIS AUSSI...
QUE C'EST TELLEMENT AGRÉABLE D'AVOIR CONFIANCE EN L'AUTRE.

...
EUH ... AU FAIT !
TU NE VOUDRAIS PAS ENLEVER CES HABITS ?
SCRII
ÇA NE ME PLAÎT PAS QUE TU SOIS DANS UNE TENUE CHOISIE PAR RENJÔ.
C'est ses goûts, non ?
HEIN ?
OUI, C'EST SÛR.
Je comptais me changer avant de venir, mais...
FLAP
ÇA N'A PAS L'AIR DE LA DÉRANGER DE MONTRER SON CORPS.
C'est parce qu'elle a l'habitude de se dévêtir devant son personnel ?
PRÊTE-MOI UNE TENUE DE RECHANGE ...
Un peu mécontent.
...
DOX
?!
JE TE PRÊTERAI UNE TENUE DE RECHANGE DEMAIN MATIN.

PLIC
HEIN ?
ÇA VEUT DIRE QUE ...
PLIC
PLIC
AAAAH !
A... AT-TENDS !
Je ne suis pas prête.
ZUT ! JE NE PEUX PAS UTI-LISER MES MAINS.
DÉSOLÉE DE VOUS IMPORTU-NER !!
VLAN
J'AI REÇU, À L'INSTANT, UN MESSAGE DE VOS PARENTS, MADE-MOISELLE TOWAKO.
LES GOKU-RAKUIN SONT DANS UNE SITUATION CRITIQUE !

COMMENT EST-CE POSSIBLE ?
EST-CE L'ŒUVRE DE LA FAMILLE RENJÔ ?
SI ÇA CONTINUE, LES GOKU-RAKUIN VONT ...
KAORU RENJÔ !!

Je m'appelle Masashi.
SWIP
GO GO GO GO

T&Y
TOWAKO AND YUGA
Mademoiselle se marie
INDICE DE BONHEUR 16

"LES GOKU-RAKUIN SONT DANS UNE SITUATION CRITIQUE !"
PÈRE ! MÈRE !
QU'EST-CE QUE ÇA VEUT DIRE ?!
VLAN

TOWAKO... YÛGA...
GRANDE SŒUR ...
MAIS ...
QUE FAIS-TU AVEC ELLE ? JE CROYAIS QUE TU ÉTAIS PARTI DE TON CÔTÉ ?!
LA FERME ! IL S'EST PASSÉ PAS MAL DE CHOSES !
EXPLIQUE-NOUS PLUTÔT LA SITUATION !
OUI, GRANDE SŒUR.
SÉRIEUX
...
LES REVENUS DE LA FAMILLE GOKURAKUIN PROVIENNENT DES BÉNÉFICES RÉALISÉS DANS LE CADRE DES AFFAIRES GARANTIES PAR LES TERRAINS HÉRITÉS DE GÉNÉRATION EN GÉNÉRATION PAR LA FAMILLE.
MAIS...
CERTAINS MOUVEMENTS FINANCIERS MENACENT CET ÉQUILIBRE ÉCONOMIQUE !

Contrat
CES TEMPS-CI, DE FAUSSES TRANSACTIONS SE MULTIPLIENT DANS LES ENTREPRISES DIRIGÉES PAR NOTRE FAMILLE…
Traites refusées
LES LETTRES DE CHANGE IMPAYÉES S'ACCUMULENT.
LETTRE DE CHANGE : VALEUR MOBILIÈRE QUI PROMET DE PAYER UNE CERTAINE SOMME À UNE DATE FIXÉE.
SI LA SOMME N'EST PAS RÉGLÉE À CETTE DATE, ON DIT QUE LA "TRAITE EST REFUSÉE".
Ça veut dire qu'on se fait rouler ?
CELA S'EST ÉBRUITÉ ET A FAIT CHUTER CERTAINES DE NOS ACTIONS.
ET UNE PERSONNE LES RACHÈTE À TOUR DE BRAS.
CETTE PERSONNE A ÉGALEMENT PROPOSÉ UN CHANGEMENT DE DIRIGEANT.
SI ELLE CONTINUE, ELLE DEVIENDRA ACTIONNAIRE MAJORITAIRE ET LE PATRON ACTUEL DEVRA DÉMISSIONNER LORS DE LA RÉUNION DES ACTIONNAIRES.
OH NON …
Tiens, patron.
SI C'EST LE CAS, ON NE POURRA PLUS REMBOURSER LES DETTES DES TRAITES REFUSÉES ET ON NOUS PRENDRA NOS TERRES.
ET QUI PLUS EST, LA PERSONNE QUI MANIGANCE DANS L'OMBRE DE FAUSSES TRANSACTIONS ET QUI RACHÈTE ÉGALEMENT NOS ACTIONS EN BAISSE…

N'EST AUTRE QUE LE SUCCESSEUR DE LA FAMILLE RENJÔ...
M. KAORU RENJÔ.
KAORU RENJÔ A COMMENCÉ À AGIR...
BOBOM
POURQUOI FAIT-IL ÇA ?
ALORS QUE NOUS SOMMES ASSOCIÉS DANS CERTAINES AFFAIRES AVEC LA FAMILLE RENJÔ.
SI ÇA CONTINUE, LES DEUX FAMILLES NE S'EN SORTIRONT PAS SANS DOMMAGES.
"RENJÔ" ? C'EST...
C'EST UNE DES CINQ FAMILLES LES PLUS INFLUENTES DU JAPON.
SÉRIEUX ?

EN TOUT CAS, LA FAMILLE GOKURAKUIN ...
NE POURRA PLUS MAINTENIR SON TRAIN DE VIE.
IL FAIT CELA POUR NOUS ÉCRASER.
...
GRANDE SŒUR ...
J'AIME-RAIS TE PARLER.

KAORU RENJÔ... C'EST TOI QU'IL VEUT, N'EST-CE PAS ?
HEIN ?
INUTILE DE ME LE CACHER.
JE SUIS AU COURANT DE TOUT.
...
RENJÔ... C'EST BIEN LE NOUVEAU PROFESSEUR, NON ?
Je reconnais bien là l'efficacité d'Utsugi.
IL SAIT VRAIMENT TOUT.
...
SETSUNA.
N'EN PARLE À PERSONNE, S'IL TE PLAÎT.
C'EST L'HÉRITIER DES RENJÔ, MAIS IL PASSE SON TEMPS À S'AMUSER ET À VAGABONDER.
IL N'A PAS ENVIE DE SUCCÉDER À SON PÈRE. C'EST POUR CELA QU'IL VEUT T'ÉPOUSER POUR ENTRER DANS NOTRE FAMILLE.
POURQUOI ? RENJÔ A COMMENCÉ À FAIRE PRESSION SUR NOUS !
IL M'A INTERDIT D'EN PARLER À QUICONQUE ! IL FAIT JUSTE ÇA POUR M'INTIMIDER.
SI J'ACCEPTE DE L'ÉPOUSER, IL NE TOUCHERA PAS À LA FAMILLE.

GRANDE SŒUR ! TU NE VAS QUAND MÊME PAS...
JE NE L'ADMETTRAI PAS !
JE NE L'ACCEPTERAI JAMAIS !!
SETSUNA...
JE SUIS DÉSOLÉE...
MAIS...
GRANDE SŒUR...
JE...
DONG DONG DONG
FLAP FLAP
TOMBE DE SOMMEIL.
AH !
Il est 21 h !

GRANDE SŒUR !
BOM
...
JE NE TE LAISSERAI PAS ...
SOUFFRIR DAVANTAGE ...
CRATCH
MH ?
CRATCH
CRATCH
GRANDE SŒUR ...
...
...
POM

AAAH !
MONSIEUR ENTRE-SINGE !
PFUIT
J'étouffais !
Towako n'est pas qu'à toi.
Tu piges ?
QU'EST-CE QU'IL VEUT ?
C'EST PAS LE MOMENT ...
Et d'où est-ce que tu sors ?
VLAN
ガラッ
HÉ !
SI VOUS AVEZ UNE DISCUSSION IMPORTANTE ...
ON VEUT Y PARTICIPER AUSSI.

JE N'AI PAS LE CHOIX.
TOUTE LA FAMILLE GOKURAKUIN DOIT SE MOBILI-SER POUR PROTÉGER GRANDE SŒUR.
JE LES PROTÉGERAI.
JE NE LAISSERAI PERSONNE DÉTRUIRE ...

NI LA FAMILLE GOKU-RAKUIN ...
NI YÛGA...

TU... TU ES RÉ-VEILLÉ ?
C'est rare ! Tu n'es pas matinal, d'ordinaire.
HMM...
QU'EST-CE QUE TU AS ? TU ES INQUIÈTE ?
...

ÇA VA ALLER.
POUR NOUS DEUX, ÇA VA ALLER.
D'ACCORD ?

D'ACCORD.
OUI, TOUT IRA BIEN.
CELA N'AFFECTERA PAS NOS SENTIMENTS.
EUH...
AUJOURD'HUI, VOUS AUREZ ÉTUDE LIBRE À LA PLACE DU COURS D'HISTOIRE DU JAPON.
Ouais ! Super !
Pourquoi ?
LE PROFESSEUR RENJÔ N'A PAS PU VENIR À CAUSE D'UN PROBLÈME URGENT.
Quoi ?
HEIN ?
COMMENT FAIRE ? IL N'EST PAS LÀ !
Fin de la réunion !
JE COMPTAIS M'ENTRETENIR AVEC LUI.
REMI...
ELLE N'EST PAS LÀ NON PLUS.
...
TAKATÔ... IL PARAÎT QU'HIER...
TU AS INVITÉ REMI CHEZ TOI ?

HEIN ?
REMI M'A RACONTÉ.
SI ELLE N'EST PAS LÀ AUJOURD'HUI, C'EST À CAUSE DE TOI.
SI TU N'ES PAS INTÉRESSÉ, NE LUI DONNE PAS DE FAUX ESPOIRS.
REMI FAIT SEMBLANT DE RIEN, MAIS ELLE EST VRAIMENT AMOUREUSE DE TOI.
QUOI ?! C'EST ELLE QUI EST VENUE ME VOIR ET QUI M'A FAIT DES TRUCS BIZARRES !
JE N'Y SUIS POUR RIEN, MOI !!
GRR
QUOI ?
YÛGA ...
TU SAVAIS QU'ELLE ÉTAIT AMOUREUSE DE TOI, NON ?
TU LA LAISSES RESTER PRÈS DE TOI ...
ET QUAND ELLE PASSE À L'ATTAQUE, TU DIS QUE TU N'Y ES POUR RIEN ?!
C'EST UN PEU IRRESPONSABLE, TU NE TROUVES PAS ?
ARGH, ARGH,

...
Tu vas trop loin, Anji !
Je dis ça parce que Remi et Yûga sont mes amis !
DING DONG
CECI EST UNE CONVOCATION.
YÛGA TAKATÔ, ÉLÈVE DE TERMINALE 2...
EST PRIÉ DE VENIR D'URGENCE AU BUREAU DU CONSEILLER D'ÉDUCATION.
JE RÉPÈTE...
← Anji
?!
BROUHAHA
Takatô ? Le type dont les filles parlent tout le temps ? Il a fait quelque chose ?
UNE CONVOCATION ?!
JE VAIS ÊTRE DIRECT.
CONSEILLER D'ÉDUCATION

HIER, APRÈS LES COURS...
IL PARAÎT QUE TU AS EU UN COMPORTEMENT RÉPRÉHENSIBLE AVEC UNE ÉLÈVE DU LYCÉE.
EST-CE VRAI ?
!!
QUOI ?
JE N'AI PAS FAIT LE GENRE DE CHOSE QUE VOUS IMAGINEZ, MONSIEUR.
Il y a eu quelque chose... mais ce serait plutôt moi, la victime.
ALORS, COMMENT EXPLIQUES-TU ÇA ?
!!!
C'ÉTAIT DANS LA BOÎTE AUX LETTRES DE L'ÉCOLE, CE MATIN.

QUEL EST CET ACCOUTREMENT ?
EST-CE CE QU'ON APPELLE UN "JEU SM" ?
NE VOUS EXCITEZ PAS, MONSIEUR.
C'EST REGRETTABLE. TU ES UN ÉLÈVE BRILLANT !!
ATTENDEZ !
IL NE S'EST RIEN PASSÉ ! VOUS N'AVEZ QU'À DEMANDER À REMI !
ZUT ! ÇA SE COMPLIQUE !
C'EST UN COUP DE RENJÔ, ÇA !
IL A TOUT MANIGANCÉ.
IL AVAIT MÊME PRÉVU UN APPAREIL PHOTO.
C'EST VRAIMENT DOMMAGE, TAKATÔ.
AS-TU OUBLIÉ TA POSITION D'ÉLÈVE BOURSIER ?
MAINTENANT QUE TU ES PRIS DANS UN TEL SCANDALE ...

IL EST RENVOYÉ ?!
HAHA
BROU
BLA
POURQUOI ?
Non ! Yûga !
BLA
Qu'est-ce qu'il a fait ?
INFORMATION
Yûga Takatô, élève de terminale 2, est renvoyé de l'établissement à compter de ce jour.
7 septembre 2007,
Directeur du lycée Eigiku
BLA
IL AURAIT AGRESSÉ UNE FILLE !
C'EST VRAI ? C'EST NUL !
BLA
Être agressée par lui, ça ne me dérangerait pas.
Idiote !
YÛGA N'A RIEN FAIT DE TOUT ÇA !
C'EST ÉTRANGE QU'IL SOIT RENVOYÉ SI VITE, SANS QUE LES FAITS NE SOIENT AVÉRÉS.
LA SEULE PERSONNE CAPABLE D'UNE TELLE CHOSE…

C'EST KAORU RENJÔ.
Le directeur...
OH ! TU ES LÀ...
GOKU-RAKUIN.
LE PROFESSEUR RENJÔ M'A REMIS CECI POUR TOI.
JE TE L'AI BIEN TRANSMIS. PASSE-LUI LE BONJOUR.
DES DOCUMENTS ?
QU'EST-CE QUE C'EST ?

DÉCLARATION DE DIVORCE
NOM
Towako Gokurakuin
DÉCLARATION DE MARIAGE
L'ÉPOUX
L'ÉPOUSE
NOM
Kaoru Renjo
Towako Gokurakuin
KAORU RENJÔ
TOWAKO GOKURAKUIN
IL A MÊME IMITÉ MON SCEAU.
IL A SÛREMENT RECOPIÉ MON ÉCRITURE À PARTIR D'UNE FEUILLE D'EXAMEN.
C'EST VRAI-MENT RIDI-CULE !
TIENS !
MON-SIEUR KAORU !

VOUS ÊTES D'EXCELLENTE HUMEUR, AUJOURD'HUI.
VOS FLEURS DANSENT.
ÇA SE VOIT ?
C'EST PARCE QUE JE VAIS BIENTÔT OBTENIR CE QUE JE VEUX ...
SANS ÊTRE GÊNÉ PAR PERSONNE.
TOUT SE PASSE COMME PRÉVU.

À MOINS ...
QU'ILS NE METTENT EN PLACE UN STRATAGÈME FUTILE ...
POUR ESSAYER DE S'OPPOSER À MOI.

VONT-ILS CONTRE-ATTAQUER, APRÈS ÇA ?
QUAND J'Y PENSE, CELA MET MON CŒUR EN JOIE.
ET MES FLEURS DANSENT.

ARGH !
ARGH !
ARGH !
Yoga ! Yoga !
Calme-toi, Anji ! Ça prend de la place (à cause de ta tête) quand tu t'agites !!

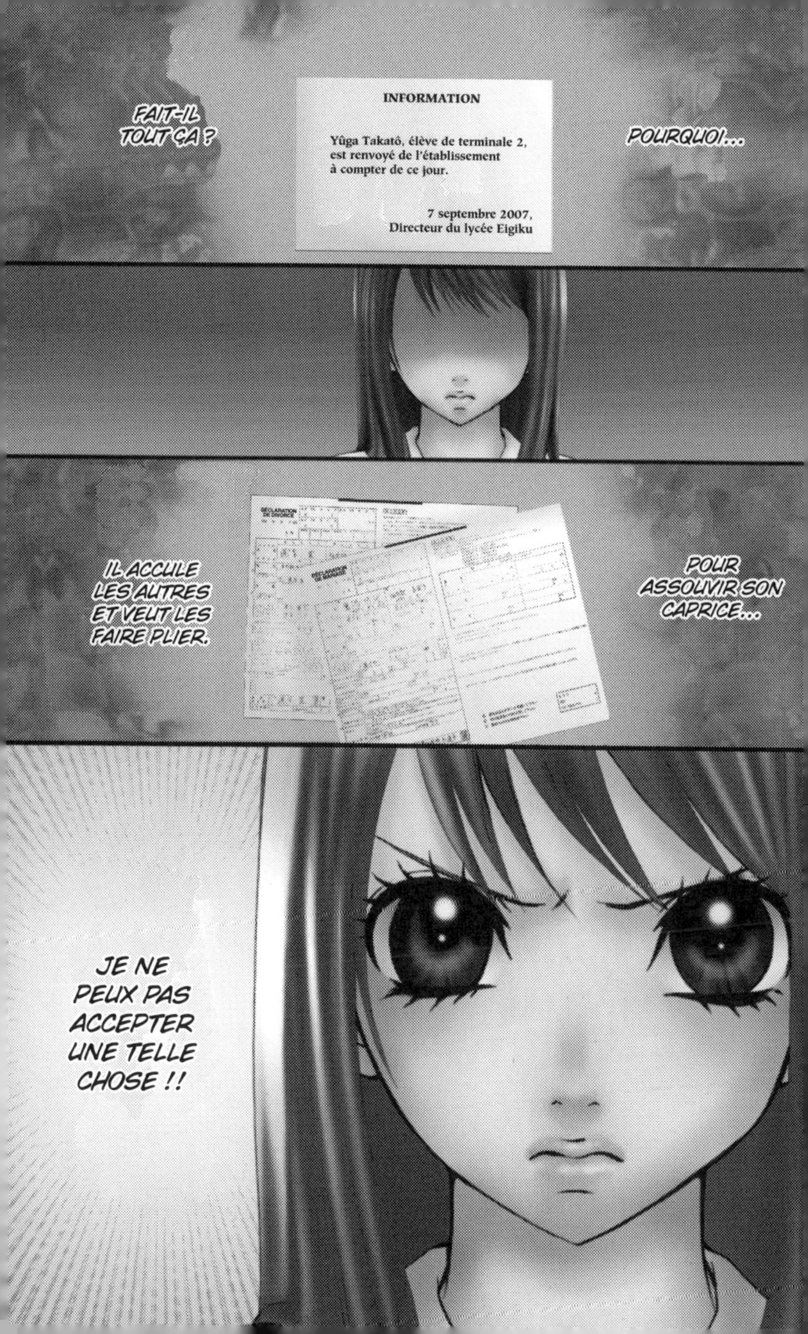
POURQUOI...
FAIT-IL TOUT ÇA ?
INFORMATION
Yûga Takatô, élève de terminale 2, est renvoyé de l'établissement à compter de ce jour.
7 septembre 2007, Directeur du lycée Eigiku
POUR ASSOUVIR SON CAPRICE...
IL ACCULE LES AUTRES ET VEUT LES FAIRE PLIER.
DÉCLARATION DE DIVORCE
JE NE PEUX PAS ACCEPTER UNE TELLE CHOSE !!

Mademoiselle se marie
INDICE DE BONHEUR 17

COSPLAY MADEMOISELLE SE MARIE

③ YÛGA EN UNIFORME À COL MONTANT

J'ai reçu
cette demande. ♡

Ça change, un uniforme
à col montant !
Je l'ai dessiné car dans le lycée
de Yûga, ils portent le blazer.
Mais dans la série, on est en été.
Donc, on ne les voit
qu'en chemise...

Je vous remercie de cette
requête.

VRRR
TIP
OUI ?
TSU-BAKI.
JE T'EXPLIQUERAI EN DÉTAIL PLUS TARD. L'HEURE EST GRAVE.
VIENS AU LYCÉE EIGIKU DE TOUTE URGENCE ET PROTÈGE YÛGA, S'IL TE PLAÎT.
MOI, JE RETOURNE À LA DEMEURE DES GOKURAKUIN.

VOUS ALLEZ RENDRE VISITE AUX RENJÔ, N'EST-CE PAS ?
NE LE DIS PAS AUX AUTRES.
JE COMPTE SUR TOI.
TIP
...
TIP TIP TIP
VRRR
TIP
ALLÔ, UT-SUGI ?
C'EST MOI.

Mlle TOWAKO VA...
BONJOUR, MADEMOISELLE.
VOUS N'ÊTES PAS AU LYCÉE ?
JE SUIS REVENUE PLUS TÔT.
NE LE DITES PAS À MES PARENTS.

KAORU !!
RENJO

IL PARAÎT QUE TU FAIS PRESSION SUR LA FAMILLE GOKURAKUIN ?
QU'EST-CE QUE ÇA SIGNIFIE ?
OH ! PÈRE ...
SI LES GOKURAKUIN FONT FAILLITE, L'ÉCONOMIE JAPONAISE EN SERA ÉBRANLÉE.
ET NOTRE FAMILLE SERA AUSSI TOUCHÉE.
SI CELA ARRIVAIT ...
CE SERAIT INTÉRESSANT, NON ?
CLIC
...

KAORU !!!
SSS
NA... NAVRÉE DE VOUS DÉRANGER.
MONSIEUR KAORU ...
PLUS TARD !! POUR L'INSTANT, JE LUI ...
EUH... MAIS ...
C'EST QUE ...
Mlle GOKURAKUIN ... S'EST PRÉSENTÉE À L'ENTRÉE PRINCIPALE ...
DOM

JE...
JE L'AI FAIT !!
ドキドキドキ
BOBOM
BOBOM
BOBOM
JE VOUS PRIE DE PATIENTER ICI.
ON N'ATTRAPE PAS LE BÉBÉ TIGRE SANS ENTRER DANS SA TANIÈRE.
CE N'EST PAS LE MOMENT D'AVOIR DES DOUTES.
QUELLE BELLE COMPOSITION !
C'EST TRÈS ORIGINAL.

LA PERSONNE QUI L'A RÉALISÉE SERAIT ...
CELA EST-IL À TON GOÛT ?
HIIII !
NE VOUS APPROCHEZ PAS DE MOI PAR DERRIÈRE !
HA HA!
TU NE M'AS PAS ENTENDU ARRIVER !
HMM... LE KIMONO TE VA À RAVIR.
TES MANCHES FURISODE SONT BELLES, MÊME SI TU ES DÉJÀ MARIÉE.
Ça ne me dérange pas.
Furisode : Manches longues de kimono. En principe, ce sont les femmes non mariées qui en portent.
...
J'AI ENVIE DE ME CHANGER...
J'ai voulu m'habiller correctement car je venais en visite.
ALORS ? QU'ES-TU VENUE FAIRE AINSI VÊTUE ?

TU T'ES ENFIN DÉCIDÉE À M'APPARTENIR ?
HEIN ?!
VOUS, ALORS ...
COMMENT OSEZ-VOUS DIRE UNE CHOSE PAREILLE APRÈS CE QUE VOUS AVEZ FAIT SUBIR À MA FAMILLE ET À YÛGA ...
POURQUOI ?!
À QUOI CELA VOUS AVANCE-T-IL DE FAIRE TOUT CELA ?!
QUELLES SONT VOS INTENTIONS RÉELLES ?!
SI J'ACCEPTE DE VOUS ÉPOUSER ET QUE VOUS INTÉGREZ LA FAMILLE GOKURAKUIN ...
LES RENJÔ N'AURONT PLUS DE SUCCESSEUR OFFICIEL.
POUR LES RENJÔ, QUI ACCORDENT DE L'IMPORTANCE À LA LIGNÉE ...
SANS HÉRITIER, ILS PERDRAIENT DU POUVOIR ET PÉRICLITERAIENT.

JE SAIS TOUT CELA.
JE CROIS QUE TU N'AS PAS BIEN COMPRIS.
MON SOUHAIT...
EST DE VOIR LA FAMILLE RENJÔ DIS-PARAÎTRE.

POURQUOI …
VOULEZ-VOUS …
DISPARAÎTRE ?
TU NE VAS PAS ME DIRE QUE TU NE ME COMPRENDS PAS.
TU AS DÛ AUSSI SOUFFRIR UN PEU À CAUSE DES COUTUMES.
DANS MON CAS, JE N'AI PAS SOUFFERT QU'UN PEU.
J'AI VÉCU UN CALVAIRE QUOTIDIEN …
À CAUSE DE RÈGLES ABSURDES ET INSENSÉES.
JE NE POUVAIS MÊME PAS PLACER LIBREMENT UNE FLEUR.

IL N'Y A AUCUN INTÉRÊT À VOULOIR PRÉSERVER UN UNIVERS PAREIL.
C'EST POUR CELA QUE JE VAIS LE DÉTRUIRE.
TELLE ÉTAIT DONC SON INTENTION.
J'AI ENTENDU DIRE QUE LA FAMILLE RENJÔ SUIVAIT DES RÈGLES TRÈS STRICTES.
JE NE SUIS PAS SANS VOUS COMPRENDRE.

VOUS CRITIQUEZ LES COUTUMES ...
MAIS COMME ELLES, VOUS CHERCHEZ À NOUS ATTACHER DE FORCE.

...
C'EST VRAI.
...
C'est rageant qu'il l'admette aussi facilement !
SI VOUS CONTINUEZ À NOUS ACCULER ...
FST
TAC
COUTUMES DE LA FAMILLE GOKURAKUIN, ARTICLE 3.
"LE ROULEAU OÙ SONT CONSIGNÉES LES COUTUMES DOIT ÊTRE GARDÉ PAR L'HÉRITIER.
SI JAMAIS IL VENAIT À LE PERDRE, IL N'AURAIT PLUS LE DROIT DE SUCCÉDER À LA TÊTE DE LA FAMILLE."

AUTREMENT DIT…
SI JE PERDS CE ROULEAU, JE NE PEUX PLUS ÊTRE L'HÉRITIÈRE DES GOKURAKUIN.
NON
TU NE VAS PAS …
SS
FSH

FSH

HÉ !
SI TU FAIS ÇA, LA FAMILLE GOKU-RAKUIN PERDRA SON...
SETSUNA SERA DÉSIGNÉ À MA PLACE.
CE QUE JE VEUX, C'EST RESTER AUPRÈS DE YÛGA.
MAINTENANT, VOUS N'AVEZ PLUS DE RAISON DE ME PRENDRE COMME ÉPOUSE.
JE RENONCE À MA FAMILLE POUR LA PROTÉGER.

KAORU !
MONSIEUR KAORU !
JUSQU'À QUAND ALLEZ-VOUS JOUER ?
MONSIEUR KAORU ! IL N'EST PAS CONVENABLE D'ACHETER ET DE MANGER DE LA NOURRITURE DANS LA RUE !
KAORU ! QUE FAIS-TU ?
MONSIEUR KAORU !
NE JOUEZ PAS AVEC LES DOMESTIQUES !
QUELLE EST CETTE TENUE ?
NON ! PAS COMME ÇA, KAORU ! C'EST AINSI QUE L'ON DOIT COMPOSER.

MONSIEUR KAORU !
VLAN
KAORU !
MON-SIEUR KAORU !
RÈGLES
MONSIEUR KAORU !
TECHNIQUES SECRÈTES
KAORU !
MON-SIEUR KAORU !
KAORU !
KAORU !
MON-SIEUR KAORU !
KAOR !
COUTUMES DES KENJÔ
RÈGLES
TECHNIQUES SECRÈTES
FSH...

TECHNIQUES SECRÈTES
COURANT RENJO
RÈGLES
COUTUMES DES RENJO
MOI, JE N'AI PAS RÉUSSI À METTRE LE FEU CAR JE N'AI PAS PU RENONCER À MA FAMILLE, ALORS QUE J'EN AVAIS ENVIE.
ET TOI, TU AS MIS LE FEU POUR SAUVER LA TIENNE.
ON EST VRAIMENT À L'OPPOSÉ L'UN DE L'AUTRE.

...
EUH ...
G.O.O.O.O-
PUIS-JE AVOIR DE L'EAU ?
RAPIDEMENT, SI POSSIBLE.
Je n'ai pas l'intention de m'immoler.
TU N'AS QU'À PLANTER LE ROULEAU DANS MA COMPOSITION POUR ÉTEINDRE LE FEU.
Donne-le-moi, c'est dangereux.
HORS DE QUESTION !
C'EST VOTRE COMPOSITION, N'EST-CE PAS ?
JE SAIS QUE VOUS AIMEZ LES FLEURS ...
KAORU !!!

VLAN
EST-CE QUE ÇA VA ?
HEIN?
JE VIENS À TON SE-COURS !!!

FSHHH
IMBÉCILE ! QU'EST-CE QUE TU FAIS ?!
BOUM
HIIII !
VLAN
KAORU !
VEUILLEZ PATIENTER UN INSTANT.
FSHHH
BIEN !
VOUS... VOUS ÊTES ...
OH ! JE SUIS ENCHANTÉ DE VOUS RENCONTRER, MADEMOISELLE TOWAKO.
JE SUIS LE CHEF DE LA FAMILLE RENJÔ, ET LE PÈRE DE KAORU.
ARGH...

JE T'AVAIS DIT DE NE PAS TE MONTRER !!
COMMENT OSES-TU ME PARLER AINSI DEVANT UNE INVITÉE ?!
TU ÉCOUTAIS AUX PORTES, N'EST-CE PAS ?
QUEL MAL Y A-T-IL QU'UN PARENT S'INQUIÈTE POUR SON ENFANT ?
VOTRE TÊTE...
QUELLE MAGNIFIQUE COIFFE, MONSIEUR RENJÔ !!
HEIN ?
OH !!

N'EST-CE PAS ? DÉCIDÉMENT, CETTE DEMOISELLE A BON GOÛT !
Ha ha ! Tenez, je vous accroche aussi des fleurs.
POF ! POF ! POF !
Hi hi ! C'est joli !
Ils sont sérieux ?
LA COUTUME DES RENJÔ VEUT QUE LE CHEF DE FAMILLE PORTE CETTE COIFFE DE FLEURS.
OH !
*CHONMAGE : SORTE DE CHIGNON PORTÉ AUTREFOIS PAR LES HOMMES, NDT.
QUELLE CHARMANTE COUTUME !
QUOI ?!
CE N'EST PAS CHARMANT DU TOUT ! C'EST COMPLÈTEMENT STUPIDE !
JE PRÉFÈRE ENCORE PORTER LE CHONMAGE* QUE D'AVOIR CETTE TÊTE DE DÉGÉNÉRÉ !!
KAORU !
Le chonmage, c'est beau aussi.

KAORU ...
TU HAIS DONC À CE POINT LA FAMILLE RENJÔ...
...
SS ス
?!
TAC プ ス
HOP !
TAC プス
TAC プス
HOP ! HOP !
QU'EST-CE QUI TE PREND ?
PFFF !

C'EST VRAI. CELA NE VOUS VA VRAIMENT PAS.
ÇA VOUS DONNERAIT PRESQUE L'AIR MIGNON.
MAIS VOUS AIMEZ VRAIMENT LES FLEURS, N'EST-CE PAS ?
VOUS LES REGARDIEZ, DANS LE MAGASIN. IL SUFFIT DE VOIR VOS COMPOSITIONS POUR LE DEVINER.
VOUS FERIEZ MIEUX DE DISCUTER DAVANTAGE AVEC VOTRE PÈRE ...

ET FOR-
MER UNE
NOUVELLE
FAMILLE
RENJÔ ! ♡

HÉ !
TU CROIS QUE C'EST SI FACILE À FAIRE ?
J'ai failli me laisser entraîner.
OH ! POURQUOI DITES-VOUS CELA ?
MAÎTRE !
MONSIEUR KAORU !
QU'Y A-T-IL ?! C'EST MALPOLI DE NOUS INTERROMPRE ! NOUS SOMMES AVEC UNE INVITÉE !
OUI... JE SUIS NAVRÉE.
MAIS... EUH...
DANS LES MONTAGNES, LÀ-HAUT...

DES CHARS APPRO-CHENT ...
ADVIENNE QUE POURRA.
Première apparition dans ce chapitre.

DOOM
ALLONS-Y !
SAU-VONS GRANDE SŒUR !!!

On va porter ceci.
Motifs camouflage.
HEIN ?
C'est la coutume. T'as pas le choix.
POF

Mademoiselle se marie
INDICE DE BONHEUR 18

COSPLAY MADEMOISELLE SE MARIE

④ TSUBAKI EN GOTHIC LOLITA

J'avais déjà dessiné Tsubaki en gothic lolita sur mon blog pour m'amuser. Mais c'est la première fois que je le fais sérieusement. J'adore dessiner la dentelle. ♡

Je vous remercie pour vos idées ! J'en attends d'autres pour le volume 4. ✩

DES CHARS ?!
L'EMBLÈME DES GOKU-RAKUIN !!
BIEN ! LA DEMEURE DES RENJÔ EST EN VUE !
VOUS ÊTES PRÊTS ?!
ATTENTION ! ON VA TIRER !

FEU !!!
BOUM !
QUOIIIII ?!
VIUUU
PLOP !

MONSIEUR ENTRE-SINGE ?!
Tiens bon !
ZOUIP
ZOUIP
LIBÉREZ TOWAKO GOKURAKUIN IMMÉDIATEMENT. EN CAS DE REFUS, NOUS LANCERONS UNE OFFENSIVE SUR-LE-CHAMP.
GOKURAKUIN
...
VOUS AVEZ LU ?
JE RECONNAI BIEN LÀ L FAMILLE GOKURA-KUIN QU DESCEND D'UNE LIGNÉE D GUERRIER !!
NOUS, NOUS N'AVONS QUE DES CHARS À FLEURS ...
ON S'EN FICHE !!
ON N'A PAS LE TEMPS DE BAVAR-DER !
Pour-quoi es-tu en si gros plan ?
TOI ! ESSAIE D'EMPÊCHER ÇA !
OUI, VOUS AVEZ RAISON.
JUUUT
TIP
ALLÔ ! PÈRE ?
JE VAIS BIEN. IL SERAIT MIEUX DE DISCUTER ...
COM-MENT ÇA "HUM" ?! PASSE-MOI MAMAN !

VLAM
TAP
TSUBAKI !! UTSUGI ...
DES SERVI-TEURS DE LA FAMILLE GOKURAKUIN ?!
LES INTRUS AURAIENT DÛ ÊTRE ARRÊTÉS PAR NOS AGENTS DE SÉCURITÉ ...
On s'en est débarrassés.
VIUM
HEIN ?
Ça me rappelle quelque chose...
GRAP

VIUM
Oh ! Je m'en doutais.
HEIN ?
TAC
BOM
TSUBAKI ! MONTRE-TOI PLUS DOUCE AVEC GRANDE SŒUR !!
ON A RÉCUPÉRÉ Mlle TOWAKO.
BIEN.
RENJÔ !
TU VAS VOIR...

...
...
POURQUOI ONT-ILS DES FLEURS SUR LA TÊTE ?
PST PST PST
JE L'IGNORE.
Ah !
GRANDE SŒUR EN A AUSSI ! MALHEUR !
EUH ...
JE CROIS QUE C'EST UNE COUTUME DES RENJÔ.
SÉRIEUX ? C'EST DUR...
OUI, C'EST PITOYABLE.
Je comprends qu'il ne veuille pas prendre la succession...
TAC
MAIS ON S'EN FOUT, DE ÇA !
GRAB
HÉ ! RENJÔ ! T'AS CONSCIENCE DE CE QUE TU AS FAIT ?!
TU CROIS QUE TU PEUX JOUER AVEC LA VIE DES AUTRES IMPUNÉMENT ?!

TU AURAS BEAU FAIRE CE QUE TU VEUX...
JE NE TE LA CÉDERAI PAS.
CROC CROC
MÊME SI ÇA ME GÊNE D'ÊTRE D'ACCORD AVEC YÛGA.
C'EST VRAI.
SI VOUS CONTINUEZ À FAIRE SOUFFRIR DAVANTAGE GRANDE SŒUR...
QUEL QUE SOIT L'AVENIR DE NOTRE FAMILLE...
NOUS SOMMES PRÊTS À NOUS MOBILISER POUR VOUS AFFRONTER.

...
IL... IL NE FAUT PAS, SETSUNA !
SI TU FAIS CELA, NOTRE FAMILLE VA...
CE N'EST PAS GRAVE ! CE QUI COMPTE POUR NOUS, C'EST TOI ! GRANDE SŒUR ...
Ce spectacle m'énerve ...
JE SUIS VRAIMENT DÉSOLÉ !!

EN QUALITÉ DE PÈRE, JE SUIS PRÊT À ENDOSSER L'ENTIÈRE RESPONSABILITÉ…
DES ERREURS COMMISES PAR MON IMBÉCILE DE FILS.
JE PARLERAI À KAORU POUR QU'IL ARRÊTE TOUT ÇA.
ALORS, VEUILLEZ NOUS ACCORDER VOTRE PARDON.
MONSIEUR RENJÔ ! RELEVEZ-VOUS !
SI LES FAMILLES GOKURAKUIN ET RENJÔ S'AFFRONTENT…
ELLES PÉRIRONT TOUTES LES DEUX !!
ARRÊTE ÇA, PÈRE.
KAORU…
AVEC UNE TÊTE PAREILLE, ON A JUSTE L'IMPRESSION QUE C'EST UN GAG.
C'est vrai.

SI CETTE FAMILLE COMPTE TANT POUR TOI.
TU N'AS QU'À T'Y CONSACRER TOUTE TA VIE ET DISPARAÎTRE AVEC ELLE, NON ?
VOUS VOUS TROMPEZ.
PÈRE ! MÈRE !!
ILS SONT TOUS EN MOTIF CAMOUFLAGE ...
VEUILLEZ NOUS EXCUSER POUR CETTE VISITE BARBARE.
NOUS SOMMES LES CHEFS DE LA FAMILLE GOKURAKUIN.

MONSIEUR KAORU... TOUT PARENT ...
SOUHAITE QUE SON ENFANT GRANDISSE CORRECTE-MENT. C'EST POUR ÇA QU'IL EST SÉVÈRE AVEC LUI.
ET S'IL VEUT PROTÉGER LA MAISON ET LA FAMILLE, C'EST POUR LUI LAISSER QUELQUE CHOSE.
TOUT EST FAIT PAR AMOUR POUR SON ENFANT.
HUM.
...
MAIS, MONSIEUR RENJÔ...
UNE FAMILLE DOIT AVOIR DES RÈGLES, MAIS DOIT AUSSI APPORTER DU RÉCONFORT À L'ENFANT.
SI ELLE N'EN EST PAS CAPABLE, CELA N'A PLUS AUCUN SENS.

JE LE SAIS.
JE SAIS AUSSI QUE KAORU SOUFFRE DEPUIS LONG-TEMPS.
UN JOUR, IL S'EST MIS À AVOIR CE REGARD DÉSABUSÉ.
JE SAIS ÉGALEMENT QU'IL HAIT NOTRE FAMILLE.
MAIS IL AIME LES FLEURS.

C'EST POUR CELA QUE JE SOUHAITE QU'IL ME SUCCÈDE À LA TÊTE DU COURANT D'ART FLORAL RENJÔ.
JE VEUX QU'IL PUISSE AU MOINS VIVRE EN FAISANT CE QU'IL AIME.
POUR CELA, LA TRADITION EST DE…
C'EST STUPIDE.
YÛGA ?!
CHEZ NOUS, IL N'Y A NI TRADITION NI COUTUME, ALORS JE NE M'Y CONNAIS PAS TROP…
MAIS C'EST BIZARRE QUE DES RÉFLEXIONS ANCIENNES S'APPLIQUENT À DES HOMMES D'AUJOURD'HUI, NON ?

PFFF !
C'EST TOI QUI DIS ÇA ? ALORS QUE TU ES CELUI QUI A LE PLUS SUIVI LA COUTUME !!
LA FERME !
JE NE M'Y SERAIS PAS SOUMIS SI ÇA NE ME CONVENAIT VRAIMENT PAS !!
HI ! HI !
TU AS RAISON, YÛGA.
ACCORDER TROP D'IMPORTANCE AUX TRADITIONS ET AUX COUTUMES AU POINT DE PERDRE DE VUE L'ESSENTIEL N'EST PAS BON.
C'EST POUR CELA QU'IL EXISTE DES EXCEPTIONS AUX COUTUMES, CHEZ NOUS.
MONSIEUR RENJÔ...
LES COUTUMES NE SONT PAS LÀ POUR ASTREINDRE LES HOMMES, MAIS POUR LES GUIDER.
QUANT AUX TRADITIONS, ELLES NE SONT PAS LÀ POUR ÊTRE PRÉSERVÉES, MAIS POUR ÊTRE BÂTIES, NON ?
KA...
KAORU...
BÂTISSONS ENSEMBLE.
T'ES LOURD.

PFF
C'EST BON !
J'ARRÊTE TOUT ! ÇA DEVIENT N'IMPORTE QUOI.
HEIN ?
NAVRÉ POUR LES GOKURAKUIN QUI ONT FAIT L'EFFORT DE SE DÉPLACER.
ÇA N'A PLUS AUCUN SENS QUE J'ÉPOUSE VOTRE FILLE.
ELLE A RENONCÉ À SON DROIT DE SUCCESSION !
!!
TOWAKO !! LE ROULEAU ?!
JE... JE SUIS DÉSOLÉE. JE N'AVAIS PAS LE CHOIX.
QU'AS-TU FAIT ?!
Tu comptes quitter la maison ?
AH !
C'est vrai !!
DONC...

POUR CETTE RAISON ...
JE CONSENS À NE PLUS FAIRE MAIN BASSE SUR LES GOKU-RAKUIN.
Il "consent" ?
!!
ON A RÉUSSI !!
VOUS NOUS AVEZ COMPRIS !!
ÇA COMMENCE À DEVENIR TROP COMPLIQUÉ À MON GOÛT.
VOUS N'AVEZ PLUS RIEN À FAIRE ICI. VOUS POUVEZ REPARTIR.
FUIP
FUIP

JE NE SAIS PAS POURQUOI... ON A ATTEINT NOTRE BUT, MAIS JE SUIS QUAND MÊME ÉNERVÉ.
TOI AUSSI ? C'EST PAREIL POUR MOI.
ALLONS... ALLONS...
JE SUIS TELLEMENT CONTENTE !
VOUS POURREZ CONTINUER À RÉALISER DE BELLES COMPOSITIONS !
JE T'AI DIT QUE JE NE M'ACCOMMODERAIS PAS DE N'IMPORTE QUI COMME ÉPOUSE.
C'EST ENCORE PLUS VRAI, AUJOURD'HUI.

SI JE DOIS ME MARIER AVEC QUELQU'UN, JE VEUX QUE CE SOIT AVEC TOI.
...
HEIN ?

QU… QU'EST-CE QUE VOUS RACONTEZ ? VOUS VOULIEZ ÉPOUSER UNE GOKURAKUIN, PAS DEVENIR "MON" ÉPOUX.
C'ÉTAIT BIEN LE CAS AU DÉBUT …
MAIS J'AI CHANGÉ D'AVIS ! JE VEUX QUE TU Y RÉFLÉCHISSES.
EFFECTIVEMENT …
SI TU ÉPOUSES Mlle TOWAKO, C'EST IDÉAL …
OH ! PÈRE ! C'EST LA PREMIÈRE FOIS QU'ON EST D'ACCORD !
MÈRE ! DIS QUELQUE CHOSE…
C'est bien, non ? Il me nourrit, lui.
CELA NE ME REGARDE PAS ! TU QUITTES LA FAMILLE, N'EST-CE PAS ?
FAIS CE QUE TU VEUX !
BOUH !
HUM.
HEIN ?
QUOI ?
OH ! SI CELA NE POSE PAS DE PROBLÈME …
IL FAUDRA D'ABORD QUE TU QUITTES YÛGA ET …
ÇA SUFFIT, MAINTENANT !
GRIP
HIII !

CETTE FEMME …
C'EST LA MIENNE !!
YÛGA… ♡♡
Je suis contente ! ♡
AH !
JE CRAQUE ! ♡ ♡
PFF !
Ils sont jeunes…
…
ARGH !

ARGH !
PARTONS TOUT DE SUITE !! ALLONS-NOUS-EN !
NOUS PRENONS CONGÉ.
ARGH !
ARGH !
SETSUNA ?!
IL EST INUTILE DE NOUS RACCOMPAGNER !
BLA
Dès que tu peux en profiter, tu te colles à elle !
Pourquoi êtes-vous fâchés ?
Ça, c'est plutôt toi, non ?
BLA
SEULS
KA...
KAORU...
JE VEUX BIEN TOUT REVOIR, EXCEPTÉ MA COIFFE.
LES COUTUMES...
C'EST PAR ÇA QU'IL FAUDRAIT COMMENCER !
KOF
T'ES VRAIMENT BÊTE OU QUOI ?
TAP TAP
KA... KAORU !

OH ! POURQUOI ES-TU FÂCHÉ, YÛGA ?
EST-CE PARCE QUE J'AI BRÛLÉ LE ROULEAU ?
NON… JE N'AI PAS ENVIE DE DEVENIR CHEF DE FAMILLE.
SI ON QUITTE TA MAISON, ON PEUT ALLER CHEZ MOI.
ALORS, C'EST QUOI ?
“CETTE FEMME, C'EST LA MIENNE !!”
TOUT À L'HEURE, J'ÉTAIS SI HEUREUSE QU'IL DISE ÇA…
MH…
…
QUAND MÊME…

TU POURRAIS PRENDRE UN PEU PLUS CONSCIENCE ...
QUE TU PLAIS À PAS MAL D'HOMMES !!
EN...
PRENDRE CONSCIENCE ? MAIS...
OH ! TU PARLES DE TOUT À L'HEURE ?
KAORU RENJÔ PLAISANTAIT ! ET À PART LUI, IL N'Y A PERSONNE.
...
Il a l'air sérieux.
Il est lourd.
Le plus embarrassant.
Il y en aura sûrement d'autres.
MAIS ...
MÊME SI DES HOMMES M'APPROCHENT ...
TU ME FAIS CONFIANCE, N'EST-CE PAS ?
!

…
OUI, BIEN SÛR.
MOI AUSSI, JE TE FAIS CONFIANCE. ♡
DE TOUTE FAÇON, IL NE S'EST RIEN PASSÉ AVEC ELLE…
N'EST-CE PAS ?
IL VA FALLOIR FAIRE ANNULER TON RENVOI DU LYCÉE.
…
HEIN ?

...
QUOI ?
POURQUOI CETTE RÉACTION ?
IL S'EST PASSÉ QUELQUE CHOSE ?!
EUH... COMMENT DIRE...
C'ÉTAIT VRAIMENT UN ACCIDENT...
QUOI ?!
ALORS QUE TU ÉTAIS SI FÂCHÉ POUR RENJÔ ET MOI ?!
NON ! ATTENDS ! CALME-TOI...
TU N'ES QU'UN IDIOT, YÛGA !
COMMENT ? C'EST TOI QUI AVAIS LE VRAI ROULEAU, TSUBAKI ?
OUI. Mlle TOWAKO POSSÉDAIT UNE RÉPLIQUE.
Pour parer à ce genre de situation, ce sont les serviteurs qui le gardent de génération en génération.
JE NE L'AI PAS MENTIONNÉ TOUT À L'HEURE POUR NE PAS COMPLIQUER LA SITUATION.
BRAVO ! TANT MIEUX. ♡

La coiffe de fleurs de kaoru..
BRR
TAC
TAC

Mademoiselle se marie
INDICE DE BONHEUR 19

...
HÉ !

TU ES TOUJOURS FÂCHÉE ?
BOUH !
D'HABITUDE, ELLE PAPOTE TOUJOURS JUSQU'À 21 H.
Tu sais... Blabla... À la télé... Dans le magazine...
Il n'est pourtant que 20 h.
TU M'AVAIS DIT QU'IL NE S'ÉTAIT RIEN PASSÉ AVEC ELLE.
MAIS TU L'AS EMBRASSÉE...
JE T'AI DIT QUE C'ÉTAIT UN ACCIDENT ! JE ME SUIS EXCUSÉ !
EN PLUS, TU M'AS EMBRASSÉE JUSTE APRÈS.
GRR
MOI, JE N'AI RIEN DEMANDÉ. C'EST TOI QUI AS VOULU EN PARLER.
TILT

TAC
ばがばっ
GRRRR
C'ÉTAIT LA PREMIÈRE FOIS QUE JE PRENAIS DES INITIATIVES.
IL M'A FALLU DU COURAGE.
J'ÉTAIS GÊNÉE...
ET TOI, TU EN PARLES COMME SI TU T'EN FICHAIS.
ARGH...
J'EN AI ASSEZ !
TU N'ES QU'UN IDIOT, YÛGA !
POF !!
ほろ!!っ
CRAC
プチ

ÇA SERAIT ...
PLUTÔT À MOI D'EN AVOIR ASSEZ.
AH !
J'EN AI MA CLAQUE. J'AI PLUS ENVIE DE RESTER LÀ.
JE VAIS DORMIR DANS UNE AUTRE CHAMBRE.
YÛ... YÛGA...
SALUT !
BTAM
POU...
...
...

POURQUOI ÇA SE PASSE AINSI ?
DIRE QUE TOUT S'EST ARRAN-GÉ AVEC LES RENJÔ !!
C'est pas la première fois qu'on se dispute comme ça.
Deux impulsifs.
JE SAIS QUE CE N'EST PAS LA FAUTE DE YÛGA.
MAIS JE NE SUPPORTE PAS L'IDÉE QU'IL PUISSE TOUCHER UNE AUTRE FILLE.
JE NE PEUX PAS M'EMPÊCHER DE LUI EN VOULOIR ...
OH ! YÛGA !

WAOUH ! T'ES REVENU !
IL PARAÎT QUE TON RENVOI A ÉTÉ ANNULÉ ! JE SUIS CONTENT POUR TOI !!
Mais ils arrivent ensemble à l'école.
J'ai toujours cru à ton innocence.
Désolé d'avoir été dur avec toi !
POURQUOI C'EST ARRIVÉ, TOUT ÇA ?
"TU NE DOIS DIRE À PERSONNE QU'ON EST MARIÉS."
ÇA ME COÛTE VRAIMENT.
MAIS MIEUX VAUT NE RIEN MONTRER AUX AUTRES.
TAP TAP
EN FAIT …
GOKU-RAKUIN …
HEIN ? VOUS ÊTES ARRIVÉS ENSEMBLE ?
OUAIS.

PST
ON SORT ENSEMBLE.
!!!
HEIN ?
SÉRIEUX ?!
QUOIIII ?!
Elle n'est pas de ta famille, en vrai ? comment ça se fait ?!
CHUT !
C'EST UN ECRET.
HEIN ?
QUOI ?
"ON SORT ENSEMBLE" ?!
ON... ON A LE DROIT DE LE DIRE ?
OUI, JUSTE À CES DEUX-LÀ.
WAOUH ! TU ES DONC LA PETITE AMIE DE YÛGA !
MÊME SI CE N'EST PAS TOUT À FAIT LA VÉRITÉ.

"PETITE AMIE" !!!
QUELLE SONORITÉ DOUCE ET NOUVELLE À MON OREILLE ...
WOOT
WOOT
Elle tournoie.
TAP
!!!
TAC
OH ! REMI !
REMI ...

DZIT
ばちっ
PFF !
GRRR
!!!
QUELLE EST CETTE ATTITUDE ?!
C'EST MOI QUI SUIS CENSÉE ÊTRE FÂCHÉE !
HÉ !
!
NE T'OCCUPE PAS DE REMI.
IGNORE-LA.
HEIN ?
MAIS ...

J'IRAI ...
LUI PARLER.
PST
PST
PST
...
?

QU'EST-CE QUE C'EST ?
FAITES DES ÉTIREMENTS PAR DEUX !!
TOUTE SEULE
BLA
BLA
...
AVEC TOUT ÇA ...
J'AI OUBLIÉ DE ME FAIRE DES AMIES.
VOULEZ-VOUS QU'ON FASSE LES EXERCICES ENSEMBLE ?
Groupe de trois
OUI, D'AC-CORD.
HI HI !

DAAAN
BRR
EUH... EN FAIT, JE FAIS DÉJÀ ÉQUIPE AVEC QUELQU'UN D'AUTRE...
HEIN ?
NOR-MAL !
UNE FILLE DE BONNE FAMILLE, ÇA NE POURRA JAMAIS S'ENTENDRE AVEC DES GENS ORDINAIRES.

À MOINS QUE ...
TU ACHÈTES LEUR AMITIÉ AVEC DE L'ARGENT...
TU ES DOUÉE POUR ÇA !
かあっ
BLUSH
!!
GRR
POURQUOI DOIS-JE ENDURER PAREILLES REMARQUES ?!
GRR
HIN HIN !
"IGNORE-LA. J'IRAI LUI PARLER."
...
GRRR

JE DOIS PRENDRE SUR MOI.
ON FAIT ÉQUIPE, PROFESSEUR ?
Euh... OK.
JE DOIS CROIRE MON MARI.
REMI ...
CESSE DE TE COMPORTER COMME UNE GAMINE.
TIAIRE FILLE
MÊME SI TU LA METS EN QUARANTAINE, ÇA NE CHANGERA RIEN AU FAIT QU'ILS SONT MARIÉS.
TU VAS FINIR PAR TE FAIRE DÉTESTER DE TAKATÔ.
...
PFF...
DANS MON ANCIENNE ÉCOLE, IL N'ÉTAIT POURTANT PAS SI DIFFICILE...
DE SE FAIRE DES AMIS ...
BLA
DIS, REMI ...
BLA

C'EST VRAI QUE TAKATÔ T'A ENTRAÎNÉE CHEZ LUI ?!
QUOI ?!
ELLES PARLENT ENCORE DE ÇA ?
C'EST POUR ÇA QU'IL A ÉTÉ RENVOYÉ.
HEIN ? MAIS ILS L'ONT RÉINTÉGRÉ PARCE QU'IL NE S'EST RIEN PASSÉ, NON ?
DIS-NOUS LA VÉRITÉ.
IL EST ÉVIDENT QUE TOUT ÉTAIT FAUX !!
C'EST POUR ÇA QU'ELLES CHUCHOTAIENT !!
ÇA SUFFIT ...
C'EST VRAI.
YÛGA M'A EMMENÉE CHEZ LUI ...
ET ON A ÉTÉ JUSQU'AU BOUT.

QUOIIII ?! C'EST VRAI ?!
OUI... YÛGA ÉTAIT ASSEZ ENTREPRENANT, ALORS ÇA M'A FAIT PLAISIR.
MAIS QUAND ON A FINI, IL M'A DIT QU'IL N'AVAIT PAS L'INTENTION DE SORTIR AVEC MOI.
QUOIIII ?! C'EST HORRIBLE !
HÉ !
REMI...
YÛGA ÉTAIT BRUTAL...
ET SI FROID.
J'AI EU SI PEUR...
LES BEAUX MECS ONT DONC TOUS MAUVAIS CARACTÈRE ?
DIS DONC ! L'IMAGE DE TAKATÔ EN PREND UN COUP !
MA PAUVRE...

JE NE PENSAIS VRAIMENT PAS QU'IL ÉTAIT COMME ÇA ...
CRAC
...
HEIN ?
C'est quoi, ce bruit ?
OUPS...
DE NOUVEAU DES SERPENTS.
HIIIIII !
GRAx

TAC
?!
QUOI ?
ATTENDS !!
LÂCHE-MOI !!
QU'EST-CE QUI TE PREND ?
POURQUOI EST-CE QUE TU MENS ?

POURQUOI PARLES-TU AINSI ...
DE L'HOMME QUE TU AIMES ?
... ...
TAIS-TOI...

JE NE SUIS PLUS AMOU-REUSE DE YÛGA !
JE SUIS DÉÇUE QU'IL SE FASSE MANIPU-LER PAR UNE FILLE COMME TOI !
TAC
...
POURQUOI TU MENS ENCORE ?
JE T'AI DIT DE TE TAIRE !
JE DÉ-TESTE YÛGA !!
ET TOI AUSSI, JE TE DÉTESTE !!!

ELLE ME... DÉTESTE ...
C'EST LA PREMIÈRE FOIS QU'ON ME DIT ÇA.
ARGH !
Elle pleure ?!
Que... Que faire ? Je l'ai fait pleurer ! Que faire ?!
POURQUOI ...
C'EST TOI, D'ABORD ?
UNE FILLE DE BONNE FAMILLE, BELLE, BIEN FOUTUE, UN PEU DÉMODÉE, QUI A ÉTÉ DANS UN LYCÉE DE FILLES ...
QUI A DU CARACTÈRE ET QUI NE CONNAÎT RIEN DE LA VIE !
Hein ?
Quoi ?
TU AS DÉBARQUÉ TOUT À COUP !

POUR-QUOI JE DE-VRAIS ...
ME FAIRE PIQUER YÛGA PAR UNE NANA PAREILLE ?!

"MAIS JE NE SUPPORTE PAS L'IDÉE QUE YÛGA PUISSE TOUCHER UNE AUTRE FILLE. JE NE PEUX PAS M'EMPÊCHER DE LUI EN VOULOIR."
ELLE EST COMME MOI.
CETTE FILLE ...

EST COMME MOI.
ELLE EST JUSTE AMOU-REUSE.
À suivre...

← Il y a une histoire spéciale Yûga !

Mademoiselle se marie
YÛGA
INDICE DE BONHEUR 19.5

CETTE HISTOIRE RACONTE MA PÉRIODE DE CÉLIBAT JUSQU'À MA VIE D'AUJOURD'HUI.
TERMINALE 2
YÛGA !
REGARDE PAR ICI ! ♡
TCHAC
HA HA !
NOOON !
OH ! TU ES CAPABLE DE FAIRE UNE TÊTE PAREILLE ?
CE N'EST PAS TOI, YÛGA ?!
HÉ ! JE VEUX VOIR !
Moi aussi !
HÉHÉ !

*PURIKURA : SORTE DE PHOTOMATON JAPONAIS QUE L'ON PEUT PERSONNALISER, NDT.

IL N'Y A RIEN QUE J'AIE ENVIE DE REVOIR.
J'ÉTAIS UN LYCÉEN PLUTÔT DÉSABUSÉ. (MÊME SI C'EST BIZARRE DE LE DIRE SOI-MÊME.)
JE NE M'INTÉRESSAIS NI AU PASSÉ NI AU FUTUR.
ON NE PEUT RIEN CHANGER AU PASSÉ, ET DANS LE FUTUR, RIEN N'EST GARANTI.
C'EST INUTILE ET IMPRODUCTIF DE PENSER À TOUT ÇA.
C'EST CE QUE JE CROYAIS ...
JUSQU'À CE JOUR.
8
L M M J V
DING
DONG
206

BONJOUR, MONSIEUR YÛGA.
NOUS SOMMES VENUS VOUS CHERCHER.
HEIN ?
HOP !
QUOI ?
QU'EST-CE QUI SE PASSE ?
SS
JE SUIS ...

TA FUTURE ÉPOUSE, TOWAKO GOKURA-KUIN.
QUOI!!!! ?!
C'EST QUI, CETTE FILLE ?! MA "FIANCÉE" ?! COMMENT PEUT-ELLE DIRE ÇA, ALORS QUE C'EST LA PREMIÈRE FOIS QU'ON SE VOIT ?!
UNE PERSONNE QUI M'AIMERA, QUI ME CHÉRIRA ET ME PROTÉGERA TOUTE LA VIE. NÉS AU MÊME MOMENT, NOUS PARTAGERONS AUSSI LA MÊME EXISTENCE.
OH ! QUELLE MERVEILLEUSE DESTINÉE ! C'EST SI ROMANTIQUE, SI THÉÂTRAL !
QUEL MIRACLE !! C'EST MAGNIFIQUE !!
ET NOUS NOUS ...
BLA BLA
ELLE PLANE COMPLÈTEMENT ! À MOINS QUE CE SOIT MOI QUI SOIS EN TRAIN DE RÊVER...
QUE S'EST-IL PASSÉ ?
TU RÊVES, MA PAUVRE !
JE NE VAIS PAS ME MARIER AVEC TOI !
CRAC

BOUM
AAAAAH !
POUR RÉSUMER LA SITUATION DE L'ÉPOQUE ...
ELLE ET MOI, ON DEVAIT SE MARIER SELON LA COUTUME DES GOKURAKUIN, JUSTE PARCE QU'ON EST NÉS LE MÊME JOUR À LA MÊME HEURE.
ET ELLE SEMBLAIT ATTENDRE CELA AVEC IMPATIENCE.
J'Y COMPRENAIS RIEN !!
ON ME DONNAIT DES PHOTOS ...
J'EN AI DEPUIS QUE TU AS UN AN.
À CHAQUE ANNIVERSAIRE, ON M'OFFRAIT UNE PHOTO DE TOI.
TOUS LES JOURS, JE PENSAIS À TOI ET JE ME DISAIS ...
"J'AI HÂTE DE LE RENCONTRER".
"JE SUIS SÛRE QU'IL EST CHARMANT".
JE N'AURAIS JAMAIS IMAGINÉ QUE TU ÉTAIS UNE BRUTE PAREILLE !
PFFF!
OUI...

ELLE ÉTAIT AMOUREUSE DU "YÛGA" QU'ELLE AVAIT IMAGINÉ À PARTIR DES PHOTOS.
De ce genre-là.
HAHAHA!
MAIS QUAND MÊME ...
DIRE QU'ELLE M'A ATTENDU TOUT CE TEMPS ...
ELLE EST SI SIMPLE.
ELLE NE CONNAÎT RIEN À LA VIE.
ELLE EST TRÈS FRANCHE ...
ET SI PURE.
PEUT-ÊTRE QU'ELLE...

ELLE SERA CAPABLE DE GARDER LES MÊMES SENTIMENTS TOUTE SA VIE.
MAIS ...
CE NE SONT QUE DES PHOTOS.
C'EST MOI, MAIS JE NE ME RECON-NAIS PAS.
LE "YÛGA" QU'ELLE A IMAGINÉ...
RÉPON-DRAIT SÛRE-MENT À SES AT-TENTES.
ALORS ...
C'EST COM-MENT ?
D'ÊTRE AIMÉ DE LA PERSONNE QU'ON AIME ?

RÊVER D'UN AVENIR COMMUN …
SPLASH
HÉ ! QU'EST-CE QUE TU FABRIQUES ?!
SPLASH
J'AI …
J'AI MALENCONTREUSEMENT FAIT TOMBER MON ALBUM PHOTOS.
SPLASH
TAC
!
MAIS… LAISSE-MOI !
JE DOIS CHERCHER MON ALBUM …
SPLASH
MOI… CES CLICHÉS M'ONT TOUJOURS REDONNÉ COURAGE.
SPLASH
J'AVAIS TANT ENVIE DE TE CONTEMPLER EN VRAI, MAIS JE NE LE POUVAIS PAS !

PENDANT TOUT CE TEMPS, JE T'AI ...
CE TYPE N'EXISTE PAS !!
CAR TU AS LE VRAI SOUS LES YEUX !
JE PENSE QUE ...
J'ÉTAIS JALOUX.
C'ÉTAIT LA PREMIÈRE FOIS QUE J'ÉPROUVAIS DES SENTIMENTS PAREILS ET C'ÉTAIT CONFUS.
EN PLUS, ELLE ÉTAIT AMOUREUSE DE PHOTOS.
QUELQUE CHOSE N'ALLAIT PAS.
TOUT CE QUI M'ARRIVE...

C'EST DE LA FAUTE DE CETTE FILLE.
TU ÉTAIS VRAIMENT MIGNON, QUAND TU ÉTAIS PETIT, YÛGA. ♡♡
REGARDE ! AUJOURD'HUI, TU N'AFFICHES PLUS DE SI GRAND SOURIRE !
AUJOURD'HUI
HÉ… JE CROYAIS QUE TU AVAIS PERDU TON ALBUM DANS L'EAU …
J'AI FAIT RETIRER LES PHOTOS ET J'EN AI FAIT UN NOUVEAU.
LA PHOTO DE L'AN DERNIER EST TRÈS BIEN AUSSI. ♡

MATER CES PHOTOS ME FERA PAS DEVENIR "TON PRINCE YÛGA" !
JE LE SAIS BIEN ! MAIS IL S'AGIT DE TON PASSÉ, YÛGA, ET C'EST POUR ÇA QUE ÇA M'INTÉRESSE !
J'AI UNE IDÉE !
CLAP
ON VA INSÉRER UNE NOUVELLE PHOTO ICI ! ♡
HEIN ?
TU AS UN APPAREIL, TSUBAKI ?
PLUS TARD, QUAND ON REGARDERA CETTE PHOTO QU'ON VA PRENDRE ENSEMBLE...
ÇA NOUS RENDRA SÛREMENT HEUREUX !!

MAINTE-NANT, JE CROIS POUVOIR COM-PRENDRE...
CE QUE C'EST, D'AVOIR ENVIE DE REVOIR DES CHOSES.
VOICI L'APPA-REIL.
MERCI.
YÛGA ! ON PREND LA...
HEIN ?

OH ! ELLE EST RÉUSSIE.
HÉ !
TU M'AS PRISE EN PHOTO ?!
Ce n'est pas ça qu'on devait faire !
Pourquoi ? J'ai le droit, non ?
Montre-moi aussi des photos de toi petite.
Pou... Pourquoi ? Je ne veux pas.
Ce n'est pas juste. En plus, vous m'avez photographié en secret.
UN PASSÉ QUI EST RELIÉ AU FUTUR.

CE N'EST PAS UNE MAUVAISE CHOSE.
sauvegardé

Dis-moi...
Qu'as-tu fait de ma photo prise avec ton portable ?
Rien de spécial...
Tu la regardes de temps en temps ? Souvent ? Tout le temps ? C'est ton fond d'écran ?
Non !
Pourquoi ? Moi, j'ai une photo de nous en fond d'écran. Donne ! Je vais te configurer ça !
Arrête !

MADEMOISELLE SE MARIE
HISTOIRES -3- SETSUNA
LES YUKIWA TE VONT BIEN, SETSUNA.
LES "YUKI-WA" ?
OUI, C'EST LE NOM DE CES MOTIFS.
ILS REPRÉSENTENT DES FLOCONS DE NEIGE.
JE DOIS PORTER UN KIMONO D'ÉTÉ AVEC DE LA NEIGE ?
DANS LES TEMPS ANCIENS, LES GENS AVAIENT IMAGINÉ GAGNER AINSI UN PEU DE FRAÎCHEUR, EN ÉTÉ.
MAIS ON PEUT LES PORTER EN D'AUTRES SAISONS AUSSI.
CE SONT DE JOLIS DESSINS, N'EST-CE PAS ?
...
CHAQUE ÉTÉ...
QUAND CES MOTIFS SE FAISAIENT PLUS FRÉQUENTS SUR LES KIMONOS...

JE PRESSENTAIS QUE LE "JOUR" ALLAIT ARRIVER.
GRANDE SŒUR.
JE TE SOUHAITE UN JOYEUX ANNIVERSAIRE.
MERCI, SETSUNA !
REGARDE !
J'AI ENCORE REÇU UNE PHOTO DE YÛGA !
CE "JOUR" REVENAIT TOUS LES ANS...
ET GRANDE SŒUR S'ÉLOIGNAIT DE MOI.
MAIS JE N'AVAIS PAS DE MOTS POUR LA RETENIR.
SETSUNA...
TU AS...

TU AS BESOIN DE MOI, N'EST-CE PAS ?
... GRANDE ... SŒUR ...
KOF KOF
J'AVAIS ENVIE DE LUI DIRE ... "OUI, J'AI BESOIN DE TOI".
MONSIEUR SETSUNA. AVANÇONS ... VERS LA VOITURE.
"ALORS, NE PLEURE PAS.
JE RESTERAI TOUJOURS À TES CÔTÉS, GRANDE SŒUR".
MAIS MA VOIX A ÉTÉ ÉTOUFFÉE PAR LA NEIGE.

LA NEIGE…
LES YUKIWA ME FERONT TOUJOURS PENSER À TOI, SE-TSUNA.
C'EST VRAI QU'ON M'EN FAISAIT PORTER SOUVENT, QUAND J'ÉTAIS ENFANT.
Tu n'en mets plus, ces temps-ci ?
OUI, IL Y A DE CELA.
MAIS C'EST SURTOUT PARCE QUE TU ES BEAU ET PLEIN DE DOUCEUR. TU ES COMME UN CERCLE QUI NOUS PROTÈGE.
J'ADORE VRAIMENT LES YUKIWA.
QUAND JE LES PORTE, CELA ME RASSURE.
POURQUOI ?
MÊME DANS CES MOMENTS-LÀ, LES MOTS ME MANQUENT.

MAINTENANT, J'AI COMPRIS...
QUE LA "NEIGE", C'ÉTAIT MOI.
JE SAIS QUE C'EST MOI QUI AI FAIT TAIRE MA VOIX...
JE SAIS QUE CET AMOUR EST IMPOSSIBLE.
MALGRÉ CELA...
LA PROCHAINE FOIS...
JE PORTERAI UN KIMONO AVEC DES YUKIWA.
UN JOUR, QUAND LA NEIGE FONDRA...
Fin

POSTFACE

Comment avez-vous trouvé ce volume 3 de *Mademoiselle se marie*?
Je voudrais vous présenter mes excuses et apporter une correction...
Dans l'histoire annexe de la fin du volume 2, Towako dit qu'elle porte "des motifs de fleurs de cerisier".
Désolée ! En réalité, il s'agit de motifs de fleurs de prunier !! Pour le premier tirage, ce sera des ✿. Voici les véritables motifs de fleurs de cerisier ✿.
J'effectuerai la modification lors de la réimpression.
J'ai honte ! Alors que j'avais dit que je commençais à m'habituer à dessiner des kimonos. Si vous remarquez d'autres erreurs, merci de me le signaler.
Une version "vomic" de *Mademoiselle se marie* est sortie !
Le vomic est un "voice comic". C'est une version manga avec du son et des voix que l'on peut consulter sur le site Internet de la Shueisha.
Le casting des doubleurs est impressionnant !
J'ai pu assister à des enregistrements et cela m'a beaucoup émue. ♡♡
C'est cent fois plus intéressant que l'oeuvre originale ! (Hé !)
Ceux qui ont Internet, n'hésitez pas à aller voir ! ♡ C'est gratuit !
Je serai heureuse de vous retrouver au volume 4. ♡
De nouveaux personnages vont faire leur apparition ! ♡♡

25 août 2008 Megumi Hazuki

REMERCIEMENTS

* Shôko Yoshida
* Megumi Hana
* Nachi Yûki
* Tomomi Kai
* Donguriko
* Yûko Kasumi
* Sakura
* Akane
* Mon éditrice Junjun
* Les personnes de la rédaction
* Le designer
* Ma famille et mes amis
* Les personnes qui ont aidé à la publication.
* Et vous, qui avez ce volume entre les mains !!

Pour les commentaires : Site internet officiel de Margaret :
http://margaret.shueisha.co.jp
J'ai un blog : la cabane de hazuki :
http://hazmegkoya.blog111.fc2.com/

See You Again

Mademoiselle se marie

ISBN : 978-2-82030-293-9

Mademoiselle se marie
3
Megumi Hazuki
KAZÉ
SHŌJO